Skog Ogvann

Die Eichel fällt nicht weit vom Stamm

Mit Illustrationen von
Maya Grünschloss

Frieda

Danke, Maya, für deine Ideen und deine Geduld

2. Auflage November 2018
1. Auflage August 2017

www.friedaundluzie.de
www.skogogvann.de

Umschlaggestaltung und Illustrationen: Maya Grünschloss
Korrektorat und Lektorat: Maya Grünschloss
Satz: Danilo Schröder und Maya Grünschloss
ISBN: 978-3-981905-40-3

Meinen Eltern

Das Fräulein

Da stand ich einst am Ufer und am Meer
Und guckte so und wunderte mich sehr
Dass da ein Fräulein saß und offenbar
Von einem Strohhut abgesehen, nackig war
Ich ging zu ihm, ich lächelte es an
Wir küssten uns, dann sah ich diesen Mann
Er schimpfte und er schlug mich nieder
Ich sah das Fräulein nimmer wieder

Auf Augenhöhe

Ein um Korrektheit bemühter Hund
Tut seinen Mitbewohnern kund:
Ein jedes Tier
Lebt hier mit mir
In meinem Fell
Hört den Apell
Auf Augenhöhe

Da bemerken ein paar Flöhe
(Die ihrer Körpergröße wegen
Hier recht zurückgezogen leben):
Die Redewendung impliziere
Im Allgemeinen
Mehr Wertschätzung für große Tiere

Als für die kleinen
Und sei damit ja wohl latent
Nun ja, also er-nied-ri-gend

Undankbar und nicht profund
Sei der Protest, erklärt der Hund
Und droht sogleich: haha, er schwöre
Er kenne gute Coiffeure

Da sind die Flöhe doch ernüchtert
Und von der Drohung eingeschüchtert
Ziehen sie fort
An einen friedlicheren Ort

Nun lebt der Hund wieder allein
Strafe muss sein

Die Libelle

Eine nicht besonders schnelle
Orientierungslose Libelle
Will mal flugs von Ankara
Nach Sansibar
Doch bedauerlicherweise
Verendet sie nach langer Reise
In den bitterkalten
Schneebedeckten Alpen

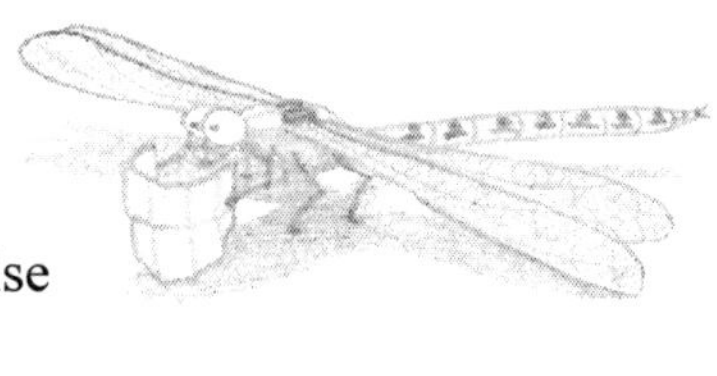

Der Klapperstorch

Ein homophiler Klapperstorch
Sitzt auf seinem Horst und horcht
Was Säuglinge in Kinderwagen
Zum Geburtenrückgang sagen

Der Schäferhund

Bei Bauer Schulze hinterm Zaun
Da steht ein alter Lindenbaum
Das freut 'nen jungen Schäferhund
Die Freude tut er bellend kund
Ein Windstoß wirft die Linde um
Jetzt ist der Hund für immer stumm

Astronauten

Zwei Astronauten
Die glaubten
Der Mond
Sei bewohnt
Stellten, oben angekommen, fest
Dass sich's dort nicht wohnen lässt

Zorn

Ein Nashorn
Das einmal vor Zorn
Recht zornig war
Und dabei gar
Sich selbst beschimpfte
Und verglimpfte
Und auch un
Hatte 'nen Grund
Für seinen Zorn:
Sein kurzes Horn

Der Bär

In Russland lebte mal ein Bär
Dem gefiel es dort nicht mehr
(Weil zu kalt
Und zu viel Wald)
Drum emigrierte er im Flieger
In den Niger
Dort war es warm, das fand er besser
Doch gab's dort keine Lachsgewässer
Zudem war er dort Außenseiter
So zog er weiter

Der Schneemann

Ein Schneemann aus Alaska
Möchte mal nach Madagaskar
Einfach so, zum Zeitvertreib
Gesagt, getan, was von ihm bleibt
(bei Bedarf dort abzuholen)
Sind ein Topf und ein paar Kohlen

Der Rabe

Wuchsen hinter dieser Scheune
Nicht mal Laub- und Nadelbäume?
Fragt sich ein ortskundiger Rabe
Und prallt gegen 'ne Kläranlage

Das Känguru

Ein nonchalantes Känguru
Winkt einer Gruppe Emus zu
Zwar kennt es diese Emus nicht
Doch denkt es sich:
Ach, egal
Ich wink jetzt mal

Der Hase

Da steh ich hier und blick ins Tal
Und denke so: Ach, guck doch mal
Da hoppelt ja ein Hase
Über die Straße
Da kommt ein Fuchs und frisst ihn auf
So ist des Lebens trister Lauf

Reykjavik

Zwei Füchse, Hand in Hand
Sitzen so am Straßenrand
Und trinken Büchsenbier
Da fährt ein Stier
Mit lautem Geschrei
Auf 'nem Fahrrad vorbei
He, jetzt mach
Mal nicht so'n Krach
Ruft einer der Füchse
Und wirft mit der Büchse
Nach dem Stier
Das wagst du dir?
Fragt der pikiert
Notiert was mit 'nem Kugelschreiber
Und fährt weiter

Der alte Tiger

Ein alter, vom Leben gezeichneter Tiger
Ist betrübt, weil er mal wieder
Erfolglos war
Auf der Jagd nach offenbar
Für ihn zu schnellen
Gazellen

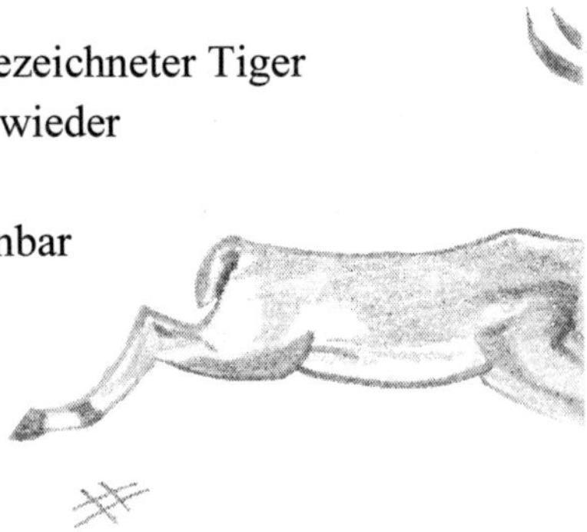

Die Made

Mit einer Made im Schnabel guckt
Ein Vogel aus dem Nest und schluckt
Ach, wie schade
Denkt die Made
Ich wünschte, er hätte mich ausgespuckt

Buchenweg 10a

Es war im Winter, als ich diesen Schneemann sah
Er stand bei diesem Mädchen vor dem Haus
Im Frühling war der Schneemann nicht mehr da
Und das mit diesem Mädchen aus

Bertha und Hilde

Kuh Bertha steht auf einer Weide
Und guckt sich um und sagt: ich leide

Da fragt Kuh Hilde: ach, warum?

Und Bertha sagt: es ist zu dumm
Weil, also immer, wenn ich grase
Pupse ich ja Treibhausgase
Grase ich dann aber nicht
Verliere ich gleich an Gewicht
Worauf ich keine Milch mehr gebe
Und Falten kriege im Gewebe
Und, Hilde, oh, der Wegerich
Ich glaube, der bekommt mir nich

Worauf Hilde seufzt und meint: ach, Bertha, du
hast aber auch immer ein Pech

Der junge Tiger

Schnell ist der Tiger
Und eben mal wieder
Zu schnell gewesen
Für den jagenden Chinesen

Mundubbera

Sagt's Nagetier
Zum Beuteltier:
He, Beuteltier
Du hast dein Junges verliert
Das korrigiert:
Ich hab's nicht verliert
Hab ihm das Laufen probiert

Das Gnu

He, du liebes Krokodil
Ich bin doch viel
Zu dünn, zu zäh
Und außerdem tust du dir weh
An meinen furchtbar spitzen Knochen
Warte doch noch ein paar Wochen
Versprochen
Dann schmeck ich besser
Sprach das Gnu
Und machte: muh
Und sprang aus dem Gewässer

Der kleine Kuckuck Käpt'n Muck

In einem Wald im Hinterland
Mit noch gesundem Baumbestand
In dem der Tiere Lebensräume
Noch keine Grenzen, keine Zäune
Aus Draht, Beton und Eisen hatten
In dem kein noch so kurzer Schatten
Von eines Menschen Tat abfiel
In dem das Klang- und Farbenspiel
So unhaltbar
Wie ehrlich war
Lebte Kuckuck
Käpt'n Muck

Käpt'n Muck war ein gescheiter
Ein braver Kuckuck, aber leider
Auch Außenseiter
Ein Fantast, ein Wolkenschieber
Ein Münchhausen mit Gefieder
Der sich durch die Tage schwieg
Und sie mit Gedanken vollschrieb
Der seinen kurzen Schnabel spitzte
Und Verse in die Bäume ritzte
Der Blätter von den Zweigen pflückte
Und jene Stämme damit schmückte
An denen seine Reime standen
Den alle Tiere komisch fanden

Der kleine Kuckucksnester baute
Und Kopfgeburten drin verstaute
Der eine eig'ne Hängematte
Geknüpft aus Hirngespinsten hatte
Der sich von Gräsern, Bärlauch und Dolden
Von Gänseblümchen und Blumenkohlwolken
Und von Löwenzahn ernährte
Doch niemals ein Insekt verzehrte

Kurzum, der wahrlich sonderbar
Der aus der Art geschlagen war

Nun saß er eines trüben Tages
Auf einem Ast und sprach zu sich:
Was für ein unerträglich karges
Kuckucksleben führe ich
Wird man denn nicht Nihilist
Bei diesem ganzen Chlorophyll?
Nein, wie trist
So ein Idyll
Doch letztlich ist
Was hält mich noch in diesem Wald
Warum, weshalb
Zieh ich nicht fort
An einen spannenderen Ort?

Gesagt, getan, schon flattert er
Den Nebelschwaden hinterher
Die über jene alten Eichen
In jenen fernen Wäldern streichen

Hinter denen Wesen leben
Die Zeit für Poesie ausgeben
Und sich in die Luft erheben
Und über allen Wolken schweben
Obgleich sie keine Flügel haben
Und deren Nester Hüte tragen
Die fast bis in den Himmel ragen

Auf eben einem solchen Hut
Landet er nach langem Flug
Und doch recht müde von der Reise
Gähnt er leise

Da kommt ein Rabe
Angehüpft und sagt: Ich habe
Da mal eine, eine Frage:
Was, was bist du für ein Tier?
Und überhaupt, was machst du hier?
Das ist doch nicht dein Habitat

Worauf der kleine Kuckuck sagt:
Bin Käpt'n Muck und wohn jetzt hier
Bin hergezogen, weil es mir
Im Wald nicht mehr gefallen hat

Und darum ziehst du in die Stadt?
Fragt der irritierte Rabe
Dafür habe
Nimm's zur Kenntnis
Ich nun wirklich kein Verständnis

Wer will denn schon in monochromen
Plattenbaugebieten wohnen?
Oder auf ’nem Kirchendach
Unter dem ein hilflos schwacher
Knabe von ’nem alten Pfarrer
Für immer unglücklich gemacht
Ja, bei Gott, gepeinigt wird
Und dann verwirrt durchs Leben irrt?
Bei denen willst du also leben
Die nach schnödem Mammon streben?
Die Kurt Krömer witzig finden
Und sich in Fabriken schinden
Bei stupiden Tätigkeiten?
Die an Übergewicht leiden
Zebras übern Haufen laufen
Und bei KiK Pullover kaufen?
Immer übers Wetter klagen
Ständig nach der Uhrzeit fragen
Sich mit Alkohol zerstören
Lieder von Bushido hören
Und leider, leider
Auch Til Schweiger
Viel zu viel Beachtung schenken
Und immer ihre Köpfe senken
Weil sie Telefone tragen
Um Pokémons damit zu jagen!

Der kleine Kuckuck Käpt’n Muck
Ist irritiert, er sagt: Ich guck

Mir das mal an
Also, ich kann
Ja erst mal schauen
Würd' meiner Wahrnehmung vertrauen

Da sagt der Rabe:
Na dann komm mal mit, ich habe
Ein kleinesklitze bisschen Zeit
Ja, hätte die Gelegenheit
Dir diesen Ort, der doch recht eigen
Ja, recht seltsam ist, zu zeigen

Gesagt, getan, schon fliegen sie
Sehen vis-a-vis
'Nen Schriftzug an 'ner Häuserwand
Der Wut und Hass aufs Heimatland
Mit satten Farben postuliert
'Ne Politesse notiert
KFZ-Kennzeichen
Taschendiebe schleichen
Durch die Fußgängerzone
Mobiltelefone
Wechseln ihren Besitzer
Ein Ampelblitzer
Malt kostenpflichtig Bilder
Ein Junge beklebt Straßenschilder
Mit Botschaften der Antifa

Äih, ich schwör, dass da nix war
Beteuert eine Frau und schaut

Zu ihrem Freund, der ihr nicht glaubt
Und wütend eine runterhaut
Worauf sie erst den Halt verliert
Und dann hyperventiliert
Und er ein Auto demoliert

Der Rabe krächzt, sie fliegen weiter
Sehen ein paar Bauarbeiter
Die sich unverhohlen trauen
Ihre Blicke in den blauen
Uniformen jener Frauen
Zu verstauen
Die eben ihren Streifenwagen
In 'nen abgesperrten Graben
Befördert haben

Schwarzfahrer schlagen
Einen S-Bahn-Kontrolleur
Burschenschafter in Couleur
Rennen vor Vermummten weg
Und auf 'nem leeren Parkplatzdeck
Spielen paar Kinder mit Fixerbesteck

Ein Hund
Muss an der Leine gehen
Das ist schlimm, aber doch kein Grund
Das alles hier deshalb kritisch zu sehen
Findet Kuckuck
Käpt'n Muck

Nein, ihm gefällt
Dieses Stück Welt
Und die Personen
Die hier wohnen
Die oft recht komischen Gestalten
Die sich so sonderbar verhalten
Wie dieser Mann, der stark geschminkt
Und mit reichlich Gold beringt
Lieder von Hans Albers singt
Oder dieser alte Geiger
Der da steht und musiziert
Was nur leider
Keine Seele int'ressiert
Die Jungs da, die mit Schleudern spielen
Und damit auf Vögel zielen
Und diese … die mit Schleudern spielen
Und damit auf Vögel zielen?
Fragt er sich
Ein Steinchen trifft ihn im Gesicht
Dann stürzt er nieder

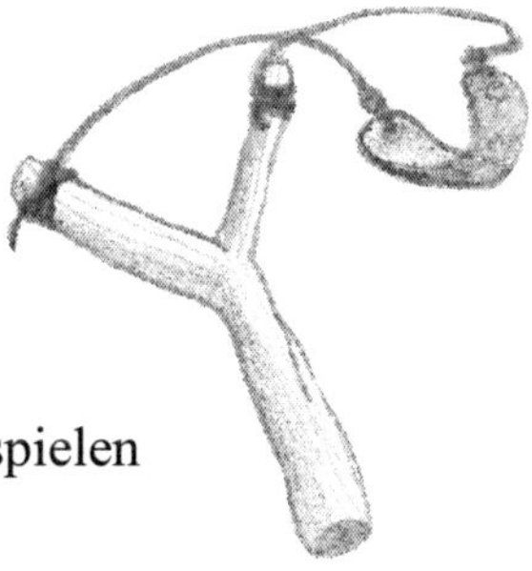

Blut läuft über sein Gefieder
Als er auf dem Asphalt liegt
Er bäumt sich auf, doch jäh versiegt
Des Käpt'ns Kraft
Ein Knabe gafft
Ihn an und schafft
Ihn schließlich fort
An jenen Ort

In jenes Haus
In dem er nun, tagein, tagaus
Ausgestopft und zugeklebt
In einem dunklen Kasten lebt
Der über einem Ziffernblatt
Eine kleine Klappe hat
Die einmal in der Stunde aufgeht
Worauf er sich hinausbewegt
Und „Kuckuck“ sagt
Vierundzwanzig Mal am Tag

Und wenn die Klappe wieder zugeht
Und er allein im Dunkel steht
Dann fragt er sich
Gelegentlich:
Was für ein Leben führe ich
In dieser Uhr?
Ach, wie vermiss ich die Natur
Dieses Idyll
Voll Chlorophyll

Wie einfältig
Wie dumm war ich
Wie unglaublich
Vertrauensselig
Hielt zu viel von dieser Menschheit
Meine Arglosigkeit
Das bleibt als Erkenntnis
Wurde mir zum Verhängnis

Wasser heilt – aqua sanat

Im Lokal Zum Schwarzen Schwan
Steht Gastwirt Johann Jonathan
Den die Gäste, die ihn kennen
Für gewöhnlich Johnny nennen
Zeitung lesend
Hinterm Tresen
Und studiert mit Unbehagen
Vorbestimmte Wetterlagen

Und während er so liest, betreten
Zwei mit Luntenschlossmusketen
Bewaffnete Schweden
Das Lokal

Nein, wie banal
Ruft einer der beiden
Und schreitet durch die Örtlichkeiten
Nur weil wir blond und stattlich sind
Und viel Geld für Schnaps ausgeben
Denkt jedes Kind
Wir wären Schweden

Dann lächeln beide jovial
Und verlassen das Lokal

In welchem sich zu dieser Stunde
Nur des Gastwirts bester Kunde
Der Bäckermeister Berti Beck

Bei ’nem Gläschen Wein aufhält
Und sogleich, auf diesen Schreck
Bei Johnny einen Schnaps bestellt

Da betritt
Mit schwerem Schritt
Und letzter Kraft
’Ne alte Frau die Gastwirtschaft

Zerlumpt und zerknittert
Zerzaust und verwittert
Steht sie da und blickt sich stumm
Mit regungsloser Miene um
Humpelt durch den Schwarzen Schwan
Und spricht zu Gastwirt Jonathan:

Ach, guter Mann, bin mittellos
Und möcht’ doch bloß
Ach, möcht’ nichts mehr
Als ein Glas Wasser bitte sehr
Und, oh, wie groß ist meine Not
Ach, bitte, eine Scheibe Brot

Doch der Wirt, den die Verwandten
Da sie ihn so geizig fanden
Schon früher Pfennigfuchser nannten
Ja, den so viele, die ihn kennen
Mitunter heimlich Geizhals nennen
Greift sogleich zu einem Besen
Der an der Wand hinter dem Tresen

Neben einem Sparstrumpf hängt
Geht auf die Alte zu und schreit:
Mir wurde auch nie was geschenkt
Hinfort mit dir du faules Weib
Ich will hier keine Schnorrer haben
Ich hab mein eig'nes Kreuz zu tragen

Worauf die Alte lächelnd meint:
Herr Wirt, mir scheint
Sie sind erbost
Dabei wollte ich doch bloß
Etwas Wasser, etwas Brot
Dachte, es wär' ein Gebot
Der Menschlichkeit
Dass man denen, die das Leid
Mit seinen Klauen an sich reißt
Etwas Zuversicht verheißt
Aber nein, der Mensch ist streng
Sein Herz ist leider allzu eng
Nächstenliebe liegt ihm fern
Er nimmt, aber er gibt nicht gern

Dann humpelt sie zur Tür zurück
Dort pflückt
Sie ein Vergissmeinnicht
Vom Kragen ihres Kleids und spricht:

Einen Besen zu erheben
Gegen mich, ein altes Weib …
Sie wollen mir kein Wasser geben

Wohlan, so ist's wohl an der Zeit
Für mich zu geh'n, das Ende naht
Doch hören Sie noch diesen Rat:
Wasser heilt, aqua sanat

Von Johnnys starrem Blick begleitet
Verlässt die Alte das Lokal
Durch das alsbald ein Dichter schreitet
Staffiert mit Dreispitzhut und Schal
Und recht betagt
Klingt er ernüchtert, als er fragt:

Warum? Warum denken alle, ich wäre ein großer Dichter? Weil ich diesen Schal trage? Ich kann doch überhaupt nicht dichten, geschweige denn reimen, und außerdem bin ich inkontinent, nicht ganz dicht, verstehen Sie? So wie diese Kneipe hier, schauen Sie, überall tropft's, oh, oh

Da sieht's auch Gastwirt Jonathan
Im Lokal Zum Schwarzen Schwan
Tropft und sprudelt allenthalben
Wasser aus den Deckenbalken

Aus 'nem kleinen Zinnpokal
Im Wandregal
Den Johnny auf 'nem Dorffest kriegte
Weil er im Erbsenzählen siegte
Sprudelt jetzt eine Fontäne

Zwei schwarze Schwäne
Die die Wände
Doch eigentlich als Ornamente
Verzieren
Schwimmen plötzlich kopulierend
Durchs Lokal

Surreal
Sagt der Mann mit Schal

Und Bäckermeister Berti Beck
Meint blass vor Schreck:
Das kommt davon, ja, ja, vom Wein
Ich glaub, ich lass das Saufen sein

Wasser quillt
Aus einem Bild
Auf dem man Gastwirt Johnny sieht
Wie er dem Geiz zu Füßen liegt

Von den Wänden rinnt das Wasser
Immer nasser
Wird's Lokal
Ein Wasserstrahl
Schießt aus einem Urinal
Und trifft des Gastwirts Genital

Suboptimal
Sagt der Mann mit Schal
Steigt auf einen Stuhl und meint:

Herr Wirt, mir scheint, uns steht das Wasser bis zum Hals, und wenn wir nicht versuchen, uns über eben diesem zu halten, dann läuft es uns womöglich bald im Munde zusammen, panta rhei, alles fließt, hören Sie?

Einen Hang zur Apathie
Hatte Johnny zwar noch nie
Doch im Moment
Da vehement
Unheil in sein Gasthaus schwemmt
Wirkt er doch recht konsterniert
Er guckt, er stiert
So vor sich hin
Und rezitiert
In wahrlich reuevollem Sinn:

Walle, walle
Wasser fließt
Das mit reichem, vollem Schwalle
Ob meiner Schuld sich hier ergießt

Bäche stürzen in das Haus
Es knallt, es zischt, das Licht geht aus
Das Dach stürzt ein

Der stete Tropfen höhlt den Stein
Denkt Johnny und wird weggetragen
Vom Schwall der Trümmerfeldkaskaden

Wird weggespült, wird weggeschwemmt
Schwemmt so vor sich hin und denkt:

Hat die Alte nicht gesagt
Wasser heilt, aqua sanat?
Und doch bin ich so gut wie tot
Ist Wahrheit also kein Gebot
Der Menschlichkeit?
Belogen hat mich dieses Weib
Mit ihrer schrägen Plattitüde

Er ist mutlos, traurig, müde
Er sieht ein Licht, er sieht ein Haus
Er hört Gelächter, hört Applaus
Und öffnet schließlich eine Tür
Die in das Gebäude führt

Da steht er, friert, und blickt sich stumm
Mit regungsloser Miene um
Sieht einen scheuen, alten Mann
Geht auf ihn zu und spricht ihn an:

Ach, mein Herr, mir ist so kalt
Ward Opfer einer Urgewalt
Leider bin ich mittellos
Und möcht' doch bloß
So es denn keine Mühe macht
Ein trock'nes Plätzchen für die Nacht

Ein kurzer Stich durchdringt die Brust
Er spürt den Schmerz, ihm wird bewusst
Dass er in Kürze sterben muss

Sein Blick ist leer
Die Lider schwer
Ein Engel packt ihn am Revers
Und trägt ihn fort und meint derweil:
Ach Gott, was für ein Vorurteil
Was für charakterliche Mängel
Zu unterstell'n, ich wär' ein Engel
Nur weil ich diese blonden Löckchen
Und dieses schmale, blasse Köpfchen
Und diese beiden Flügel habe
Und gern mal weiße Wäsche trage

Dann singt er ein paar Seemannslieder
Und verabschiedet sich wieder

Und weil die Harfen wohl zur Neige
(Oder einfach nicht mehr) gehen
Spielt Johann Jonathan jetzt Geige
Und sieht die Welt sich rückwärts drehen

Herzlich willkommen

Im Shoppingcenter vor der Stadt
In einem Schreibwarenladen hat
Ein Junge aus der Mittelschicht
Für seinen Matheunterricht
Ein Kurvenlineal entwendet
Und so endet
Sein Besuch in diesem Laden
Ohne was bezahlt zu haben

Vor dem Laden
Stehen Einkaufswagen
Und ein alter Mann
Der dreht sich um
Zu dem Jung'n
Doch dann
Geht er weiter
Zu einer Leiter
Und steigt sie hinauf
Worauf
Eine Sprosse bricht
Unter seinem Gewicht

Also fällt er
Und so prellt er
Sich den Kopf
Und nun tropft

Ganz viel Blut
Aus seinem Hut

Den Jungen int'ressiert
Was da passiert
Also geht'r
Die paar Meter
Zu dem Greis
Der Lehmann heißt
Doch das weiß
Der Junge nicht
Und so spricht
Er Herrn Lehmann
Formlos an:

Alter, krass
Bist du blass
Für paar Pigmente
Im Gesicht
Reicht die Rente
Also nicht
Oder was
Ist das
Hier
Mit dir, hm?

Der Alte, der nun Blickkontakt
Mit dem Jugendlichen hat
Schweigt, er neigt
Seinen Kopf und zeigt

Zu dem Schreibwarenladen
An dem in Leuchtbuchstaben
Ein Schriftzug hängt
Der die Kundschaft mit einer Begrüßung empfängt

Es mag dir nicht so wichtig sein
Aber „willkommen“ schreibt man klein
Flüstert er
Weil's Reden schwer
Fällt
Und hält
Sich eine Hand vors Gesicht
Weil er von künstlichem Licht
'Ne Bindehautentzündung kriegt

Der Junge überfliegt
Was da in Leuchtbuchstaben
An dem Schreibwarenladen
Hängt
Und denkt:

„Herzlich Willkommen“ schreibt man klein
Das soll mir nicht so wichtig sein?

Und prompt artikuliert er sich
Und wieder tut er's eher schlicht:

Jou, Alter, krass
Ich geb' dir Recht
Das ist mal echt

Richtig schlecht
Was sind'n das
Für große Lettern
Auf den Brettern?

Da widerspricht der alte Mann:
Aber nein, die Schrift, die kann
Doch größer sein
Nur dieses „W“, das schreibt man klein

Und beinah heiter
Meint er weiter:

Mit einer Axt wollt' ich probieren
Dieses „W“ zu reparieren

Inzwischen haben
Sich vor dem Laden
Ein paar Kunden
Zusammengefunden
Die unumwunden
Ihren Unmut bekunden
Dass der mit den Wunden
Da so blutverschmiert
Vor dem Laden kampiert

Der Alte fixiert
Die gaffende Meute
Er ist irritiert
Dass da keifende Leute

Vor ihm stehen
Und statt ihm zu helfen oder weiterzugehen
Ihn mit verächtlichen Blicken ansehen

Eine Frau geht zu dem Mann
Und spricht ihn an:

Ich verstehe wahrlich nicht
Warum es Ihnen wichtig ist
Dieses Wörtchen klein zu schreiben
Das ist doch bloß ein Konsonant
Dem die Schenkel bisschen lang
Geraten sind
Also, ich find
Das kann so bleiben

Die Stirn des Alten
Liegt in Falten
Er ist traurig, er verzagt
Er ist enttäuscht, er seufzt, er sagt:

Junge Frau, Sie irren sich
Denn dieses „W“ ist eben nicht
Nur ein schnöder Konsonant
Ihre Sicht ist ignorant
Nein, dieses „W“ in diesem Wort
Großgeschrieben ist es dort
Schlicht und einfach Idiotie
Ist es deutscher Agonie
Spiegel, gleichwohl Widerhall

Zeugt's vom Elend, vom Zerfall
Vom Untergang uns'rer Kultur
Wird's auf der Schicksalspartitur
Zur Stimme barer Depression
Des Kontrabasses tiefster Ton
Ist's Sinnbild dieser Leidenszeit
Der Dummheit
Ja, all der Trostlosigkeit

Ein paar Leute
In der Meute
Lachen
And're machen
Bloß Gebärden
Doch schon werden
Im Gedränge
Schmähgesänge
Intoniert
Man ist amüsiert
Von dem Greis
Wie er heißt
Nun, das weiß
Man nicht
Also spricht
Man den Mann
Ganz formlos an:

Was du da redest, ist doch Stuss
Das ist dir hoffentlich bewusst

Sagt eine Frau
Deren grau
Meliertes Haar
Unheilbar
Durch Morbus Spliss
Beschädigt ist

Auf dem Kopf dagegen kahl
Ist ihr Gemahl
Was gewiss
Kein Nachteil ist
Wenn man die Frau
Mal genau
Betrachtet
Sprich beachtet
Dass ihr Haar
Offenbar
Gerade verreckt

Ihr Gatte steckt
Ein Geldstück weg
Das er aus 'nem Einkaufswagen
(Die direkt am Schreibwarenladen
Ihren Wagenstellplatz haben)
Genommen hat
Doch anstatt
Nun behilflich zu sein
Steckt er sein Portemonnaie ein
Und mein(t):

Arme deutsche Hochkultur
Ja, uns're Sprache muss zur Kur

Den Leuten genügt
So ein Reim
Um vergnügt
Zu sein
Dem Mann mit der Glatze
Wird applaudiert
Der prompt mit 'ner Fratze
Auf mehr Lob spekuliert

Als der mit dem Hut
Auf dem Kopf
Aus dem das Blut
Weiter tropft
Nun Feuer spuckt
Guckt
Man zwar irritiert
Doch ist auch fasziniert
Dass der Mann
So was kann

Aus allgemeiner Heiterkeit
Wird jedoch Betroffenheit
Als das Blut
In der Pfütze
Das der mit der Mütze
Vergossen hat
Zu kochen beginnt

Und der fettige Sud
In dem der Alte verharrt
Zu Klumpen gerinnt

Flammen lodern auf
Steigen hinauf
Zu den Leuchtbuchstaben
Brandrauchschwaden
Wabern umher
Es knallt, es blitzt
Und immer mehr
Wasser spritzt
Aus kleinen Behältern
Die an Feuermeldern
Hängen
Menschen drängen
Zu Notausgängen
Vorbei an denen
Die vor jenem
Spottbeschallten
Gebrechlichen Alten
Im Halbkreis verharren
Und vor Entsetzen erstarren
Als der im nächsten Moment
In den Flammen verbrennt
Und aus dem denkbar schlecht
Durchbluteten Gemächt
Der brennenden Leiche
Eine elbengleiche

Schönheit
Steigt

Die transparent gekleidet
Auf ein Kind zuschreitet
Ihm ein Satzzeichen bringt
Und dann beginnt
Mit ihren Notenschlüsselwimpern
Die Schicksalssinfonie zu klimpern

Oh, ihr Lächeln in Moll
Ist so ausdrucksvoll
Dass ein Tor den Rat
Den einst sein Oheim ihm gab
(Nicht zu Frauen zu gehen
Die im Feuer stehen)
Glatt ignoriert

Als er zu ihr stolziert
Bricht sie sein Genick
Mit einem Pay-TV-Blick
Macht ein böses Gesicht
Verneigt sich und spricht:

Ich, eure doidsche Muddersprache
Wie ich hier steh in dieser Lahche
Ich will euch jetz ä ma was sahchen:
Wie ihr euch heude habd bedrachen
Mid airen bäisen Degadensen
Das verlangd nach Gonsegwänsen

Da zerbersten
Schon die beiden
Ersten
Buntglasspiegelscheiben
In Jaqueline's Blumeneck
Der Apostroph ist auch mit weg
Fortgerissen von einem Splitter
Im Buntglasspiegelscheibenscherbengewitter

Frau Muttersprache lacht verhalten
Und lässt weiter Kräfte walten
Konsonanten detonieren
Anglizismen explodieren
Eines Mannes Leib
Wird unter Dabbeljuhs begraben
Und sein holdes Weib
Von einem Aftershave erschlagen
Ein i-Punkt trifft das Shoppingcenter
So verändert
Sich die Form
Doch ganz enorm:
Das Dach stürzt ein
Und bald ist kein
Einziger Stein
Mehr da
Wo er mal war

Alter, krass
Was is'n das?

Fragt der Mittelschicht-Junge
In dessen Lunge
Seit ei-ni-gen
Se-kun-den
Ein Overhead-
Projektor steckt

Obwohl er starke Schmerzen hat
Schleppt er sich noch durch die Stadt
Ab und zu macht er kurz Pause
Mit Mühe schafft er es nach Hause
Und fällt sogleich
Und kreidebleich
Der Mutter in den warmen Schoß
Als diese nun betroffen fragt:
Mein Junge, sprich, was ist denn los?
Schaut er sie lächelnd an und sagt:

Es mag dir nicht so wichtig sein
Aber „willkommen“ schreibt man klein

Nächstenliebe (Heidi & Peter Teil 2)

Heidi sitzt mit Ridikül
Und in schicker Garderobpe
Auf rustikalem Kirchgestühl
Und studiert die Horoskobpe
Zweier freier junger Seelen
Die sich der Freiheit gleich bestehlen
(Er der Liebe, sie hingegen
Finanzieller Gründe wegen)
Wenn sie sich das Ja-Wort geben
Für ein frommes Ehe-Leben

Der Hochzeitsmarsch ist längst verklungen
Doch weil der Pfarrer mit 'nem Jungen
(Der verstört und offenbar
Zum Widerspruch zu ängstlich war)
An der gichtgekrümmten Hand
In einem dunklen Raum verschwand
Steht das Brautpaar
Vorm Altar
Und wartet da
Und flüstert leise
Beispielsweise
Über seine Hochzeitsreise

Da steht 'ne grauhaarige Frau
Mit einer blau
Karierten Jacke

Und ’ner Wandervogel-Flagge
Am Revers
Etwas schwer-
Fällig auf
Und schaut hinauf
Zum designierten Ehemann
Räuspert sich und spricht ihn an:

Ach, mein Herr, für diese Nacht
Rate ich, geben Sie Acht
Wie sich Ihre Frau verhält
Ist sie schüchtern oder stellt
Sich recht unbeholfen an
Ja, also dann
Sollte das der Nachweis sein
Dass Ihre Angetraute ein
Doch recht braves Mädchen war
Und Besserung ist absehbar
Denn mit der Übung und der Zeit
Kommt auch die Geschicklichkeit

Der Bräutigam ist amüsiert
Wie ungeniert
Sich dieses Weib hier präsentiert
Doch vor Entsetzen wie gelähmt
Meint die Braut: Wie unverschämt

Und während Peter
Ein paar Meter
Abseits steht

Und Thesen an die Kirchtür klebt
Sagt die grauhaarige Frau:

Herr Bräutigam, ich weiß genau
Wie fein Sie dieses Fräulein finden
Doch darum sich für immer binden?
Genügen Sie damit der Pflicht
So tun Sie's nicht

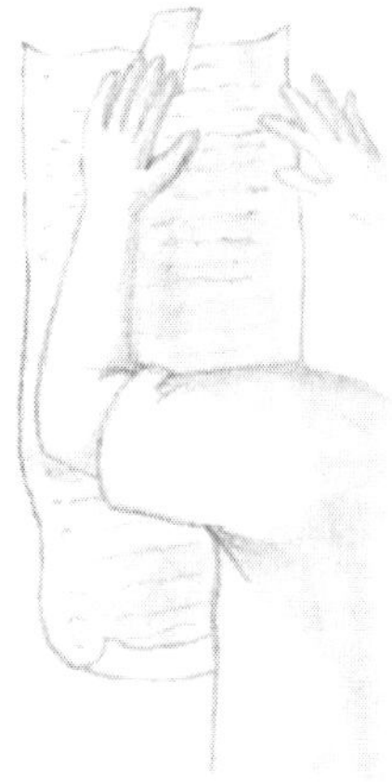

Der Bräutigam hat manch Talent
So spielt er Holzblasinstrument
In 'ner Kapelle
Zudem ist er recht eloquent
Und hat Erfolg als Produzent
Platzsparender Hühnerställe
Und ist mit Heidi Klum verwandt
Kurzum, er ist im Ort bekannt

So hat sich reichlich Volk versammelt
An illustren Gästen mangelt
Es dem Brautpaar wahrlich nicht
Doch aus Versehen haben sich
Auch sechs Dutzend Ordensschwestern
In der Kirche eingefunden
Die nun lauthals, unumwunden
Über jene Alte lästern
Die da vorn beim Brautpaar steht
Und sich eher indiskret
Ja, recht merkwürdig verhält
Den Finger hebt und Fragen stellt

Eine junge Frau vertreibt
Sich die Zeit
Mit Handarbeit
Drei Holzbläser streiten
Um zwei Sitzgelegenheiten
Ein Cellist
Spielt Trompete
Ein Atheist
Spricht Bittgebete
Und Hauptbrandmeister Ole Kjær
Erzählt 'nem Kind, wie übelst schwer
Brandbekämpfung auf dem Meer
Ohne Löschkreiselpumpen wär'

Überm Hauptbrandmeister hängt
Ans Kreuz geklopft, das Haupt gesenkt
Mit Blessuren an Füßen und Händen
Und etwas Stoff an seinen Lenden
Jesus Christus an der Wand
Aus Holz, und wirkt recht angespannt
Als zwei als Medienvertreter
Getarnte Selbstmordattentäter
Sich vom Kirchgestühl erheben
Um stimmgewaltig kundzugeben
Sprich das Volk zu informieren
Man werde es jetzt liquidieren

Und während Peter da so steht
Und Thesen an die Kirchtür klebt

Hören zweiundsiebzig Schwestern
Unvermittelt auf zu lästern

Der Hochzeitsgäste Reaktionen
Sind entsprechend vielgestaltig
Gut die Hälfte der Personen
Tut ihr Grauen wortgewaltig
Mit zerfurchter Mimik und
Vielen großen Gesten kund
Mancher Gast ist konsterniert
Und bleibt wort- und reglos sitzen
Hauptbrandmeister Kjær studiert
Den Fluchtplan, um auf Zehenspitzen
Still und heimlich abzuhauen
Und das zähe Gottvertrauen
Einer Ordensschwester schwindet
Als der Mann am Kreuz jetzt findet:

Oh, ihr dummen Atheisten
Ihr töricht gutgläubigen Christen
Gott, was seid ihr nur für Narren
In eurem Wahn habt ihr den Karren
Jubelnd in den Dreck gefahren
Statt uns vorm Übel zu bewahren
Reicht ihr ihm auch noch die Hand
Adieu, gelobtes Abendland
Ich ziehe fort
An einen friedlicheren Ort

Und während Peter da so steht
Und Thesen an die Kirchtür klebt
Nimmt der Mann sein Kreuz und schwebt
Einem Lichtschein hinterher
Hinauf ins weite Wolkenmeer

Da fragt die Mutter Oberin
Die Attentäter nach dem Sinn
Ihrer angedachten Tat
Und weshalb sie den Dschihad
Denn heute, hier, jetzt führen müssten
Und ob sie eigentlich schon wüssten
Dass die Jungfrau'n im Gebäude
Von der Caritas betreute
Greise Ordensschwestern seien
Und sie wolle's nicht beschreien
Doch für möglich halte sie's
Dass man dann im Paradies
Was von der Logistik her
Ja auch durchaus sinnvoll wär'
Jenes zähe Fleisch bekäme
Dem man jetzt das Leben nähme
Ja, das alt und kraftlos sei
Und Demenz und allerlei
Mängel, wie 'ne Hüftarthrose
Neuropathische Skoliose
Oder Blasenschwäche habe
Ja, mitunter Windeln trage trage trage tragetrage

Der Worte Hall
Klingt im Gebäude
Da erschreckt ein lauter Knall
Die eh schon angsterfüllten Leute
Und durch der Kirche Sandsteinmauer
Rauscht der junge Schweinebauer
Karl Johannes Haubendecker
Mit 'nem Zwölfgangraupentrecker
Klopft den Staub von seinen Haaren
Reißt mit lebhaftem Gebaren
Noch den Gang aus dem Getriebe
Und ruft lächelnd: Nächstenliebe!

Worauf die Selbstmordattentäter
Beide blass und kränklich werden
Und nur paar Sekunden später
Durch die Kraft des Wortes sterben

Und während Peter
Ein paar Meter
Abseits steht
Und Thesen an die Kirchtür klebt
Fangen zweiundsiebzig Schwestern
Wieder lauthals an zu lästern

In einem kühlen Grunde (Heidi & Peter Teil 3)

Heidi sitzt auf einer Decke
Vor einer Buschwindröschenhecke
Hinter der
'Ne alte Frau
Mit einer grau
Karierten Jacke
Und 'ner ostpreußischen Flagge
Am Revers
Neben einem Blumenbeet
Unter einem Baum
Der kaum
Noch Blätter trägt
Leicht gebückt
Zwischen Blaubeerkörbchen steht

Die Beeren hat sie selbst gepflückt
Die Alte hat sie aus
Dem Waldstück hinter jenem Haus
In dem sie, seit ihr Mann verstarb
Allein ihr tristes Leben darbt

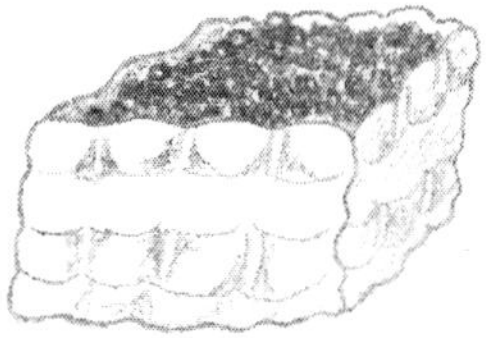

Und weil der Frau am Monatsende
Nichts übrig bleibt von ihrer Rente
Um auch mal ins Café zu gehen
Mal ein Theaterstück zu sehen
Mal in 'ner Gaststätte zu speisen
Vielleicht auch mal ans Meer zu reisen

Steht sie hier trotz Hüftbeschwerden
Die vom Stehen nicht besser werden

Und während Peter
Ein paar Meter
Abseits sitzt
Und ein Weidenpfeifchen schnitzt
Spricht ein adipöser Mann
Die Frau auf ihre Trauben an

Die Stirn der Alten
Liegt in Falten
Lächerlich
Denkt sie sich
Mimt Betroffenheit
Und meint:

Junger Mann, ihr dicker Bauch
Sicherlich haben Sie auch
Angst vor einer Rezession
Und deshalb vorsichtshalber schon
Mal paar Schnitzel mehr gegessen
Sich paar Pfunde angefressen
Im Hinblick auf die schlimme Zeit
Und die Lebensmittelknappheit

Oh, dieser feiste, dumme Mann
Der nicht mal aufrecht stehen kann
Ist der alten Frau suspekt
Nein, dass der den Union Jack

Auf seiner Kopfbedeckung trägt
Und wie plump der sich bewegt
Und wie gänzlich ungeniert
Der auf ihre Beeren stiert
Und wie dämlich der doch ausschaut
Und dann kaut
Der Kaugummi
Oh, aus dem Flegel wird wohl nie
Ein kultivierter, feiner Mann
Auf den ein Vater stolz sein kann

Nein, dem verkauft sie keine Beeren
Selbst wenn die Beeren Trauben wären
Würde es ihr widerstreben
Dem paar Trauben abzugeben

Junger Mann, Sie sind sehr schlicht
Sie kriegen meine Beeren nicht
Auf Wiedersehen
Sie können jetzt gehen
Sagt die Alte freiheraus

Da hallt Applaus
Aus einem moosbedeckten
Hinter Efeu versteckten
Baufälligen alten Haus
Neben dem in schlichter
Garderobe jener Dichter
Den die Frau ob seiner Werke
Schon als Schülerin verehrte

Patiniert und unbewegt
Auf einem Sandsteinsockel steht

Und während Peter da so sitzt
Und dieses Weidenpfeifchen schnitzt
Erkundigt sich 'ne frech frisierte
Am Oberarm recht primitiv
Mit einem Stacheldrahtmotiv
Frisch tätowierte
Junge Frau
Bei der Alten, ob die Blau-
Beeren, denn aus fairem
Bioanbau wären

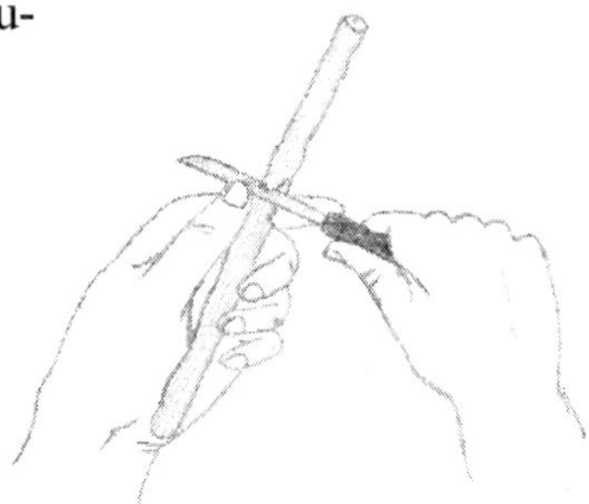

Die Stirn der Alten
Liegt in Falten
Lächerlich
Denkt sie sich
Mimt Betroffenheit
Und meint:

Dieser Draht an ihrem Arm
Sicher war'n
Sie in Gefahr
Als das geschah
Sind auf der Flucht hineingerannt
Und dann hat er sich eingebrannt
Da Elbflorenz in Flammen stand
In dieser Nacht im Februar
Als Beelzebub so fleißig war

Oh, dieser ungepflegten Frau
Die sich trotz Tätowierung traut
Sie ob der Beeren anzureden
Will sie keine Beeren geben

Nein, Ihnen geb' ich keine Beeren
Selbst wenn es Stachelbeeren wären
Würde es mir widerstreben
Ihnen welche abzugeben
Sagt die Alte frei heraus

Da hallt abermals Applaus
Aus dem baufälligen Haus
Neben dem in schlichter
Garderobe dieser Dichter
Monochrom und unbewegt
Auf dem Sandsteinsockel steht

Und weil es sie doch int'ressiert
Wer da bisweilen applaudiert
Geht die Alte zu dem Haus
Aus dem sie den Applaus
Zu hören glaubte
Sie blickt sich um
Sie geht um dieses Haus herum
Guckt durch verstaubte
Fensterscheiben
Klopft an die beiden
Schweren Türen
Die in das Gebäude führen

Aber niemand reagiert
Und applaudiert
Wird auch nicht mehr
Das Haus steht offensichtlich leer

Da will die Alte wieder gehen
Doch seufzt sie, bleibt verwundert stehen
Als sich des Dichters langer Schatten
Vor ihr über die Gehwegplatten
Neigt
Der Dichter steigt
Von dem Podest
Hält sich an der Laterne fest
Lächelt verhalten
Und meint dann zu der Alten:

Aufrichtig bist du
Chapeau, altes Weib
Aber wozu?
Was nützt dir deine Ehrlichkeit?

Seit hundertsechsundfünfzig Jahren
Steh ich hier
Und muss Contenance bewahren
Glaube mir
Dieser Ort ist furchtbar trist
Wenn man verträumter Hedonist
Und nicht leidensfähig ist

Den Menschen heute zuzuhören
Ist mitunter so verstörend
Die des eig'nen Vorteils wegen
Ohne eig'ne Meinung leben
Die Tag für Tag hier langspazieren
Wort für Wort degenerieren
Mit jedem Schritt Niveau verlieren

Und so ward ich Misanthrop
Darf ich sein, bin schließlich tot
Muss deshalb keinen Mangel leiden
Werde trotzdem Denkmal bleiben

Aber du, was ist mit Dir?
Da stehst du hier
Und bietest deine Beeren feil
Wohl weil
Du schlecht begütert bist
Dein Dasein ist
Wohl leidlich trist
Und trotzdem bist
Du wahrlich kein Opportunist

Nein, du magst die Leute nicht
Du findest sie recht wunderlich
Und sagst das ihnen sehr direkt
Dafür zoll ich dir Respekt

Ich dagegen, schau mich an
Bin ein würdeloser Mann

Halt mich an der Laterne fest
Die mich nachts nicht schlafen lässt
Mach mir zu nutzen, was mich quält
Weil mir dein Charakter fehlt
Ich würde denen Beeren geben
Bräuchte ich das Geld zum Leben

Aber nur Mut
Lass dich nicht stören
Es tut so gut
Dir zuzuhören
Hab dir gelauscht
Hab mich an deinem Wort berauscht

So steh ich hier und frage dich
Möchtest du nicht
Mit mir hinfort
An einen fernen, bess'ren Ort?
Holdes Weib, oh, komm mit mir
Lass diesen Moloch hinter dir!

Wenn sie deutlich jünger wäre
Wäre es ihr eine Ehre
Doch so verneigt sie sich
Und spricht
Mit seinem Wort geflissentlich:
Den Dank, mein Herr, begehr ich nicht
Und kehrt im nächsten Augenblick
Zu ihrem Blaubeerstand zurück

Da steht sie, hat den Kopf gesenkt
Ist des Lebens müde, denkt:
Oh, ich enttäuschtes, altes Weib
Misstrau den Menschen dieser Zeit
Und denen der Vergangenheit
Drum bleibt
Mir nur die Einsamkeit

Da hört sie dieses Pfeifenspiel
Dies alte Lied, das ihr so viel
Erinnerung an Heimat ist
Denkt an die Kindheit und vergisst
Für einen Augenblick die Zeit
Die Gegenwart, die Einsamkeit
Und träumt sich fort
An diesen weit entfernten Ort

Gedicht über einen Chinesischen Blauglockenbaum, der zwischen Taiwan und Hongkong auf einer kleinen Insel im Pazifik so vor sich hin wächst

Auf der Insel Solaire
Vor einem Haus am Meer
Steht ein Baum
Der kaum
Noch Blätter trägt
Und der Wind weht
Ein Blatt zu mir

Gern brächt' ich es dir
Des Bäumchens Blatt
Doch ein anderer hat
Deine Tür verschlossen

Manch bittere Träne
Habe ich auf die Lehne
Meines Klappstuhls vergossen
Weil der Schlüssel für
Deine Tür
Einst versank im Meer
Vor der Insel Solaire

Auf der Insel Solaire
Vor diesem Haus am Meer
Sitz ich am Strand

Mit dem Blatt in der Hand
Und seh' in der Ferne
Schon Sterne
Und des weiteren
Eine Reiterin
Und einen R4
Der hinter ihr
Fährt
Und dann gewährt
Sie einem Motorrad
Die Vorfahrt
Worauf der R4
Hinter dem Tier
Für einen Bus
Scharf bremsen muss
Das Pferd erschreckt
Das Zweirad eckt
Am Auto an
Und dann
Fällt er um
Der R4
Und das Tier
Schaut stumm
Was passiert

Da spaziert
Ein Mädchen
Wer es kennt
Nennt

Es Gretchen
Über das Meer
Vor der Insel Solaire

Meine Begeist'rung
Ob der Leistung
Hält
Sich in Grenzen, weil's der Welt
Ja nichts bringt
Wenn ein Kind
Das oft verwirrt
Durch Straßen irrt
Hinterher
Übers Meer
Geht

Und dann steht
Da ein Känguru
Ich wink ihm zu
Doch ist es leider
Nicht so heiter
Und springt weiter

Das ist schade
Doch ich habe
Auch Verständnis
Dass es mir
Ohne Kenntnis
Was ich hier
Immerzu

So tu
Nicht winkt
Und ich trink
Einen Schluck
Und beguck
Mir die Sterne
In der Ferne

So ist das eben
Im Leben
Denk ich
Letztendlich
Winkst du nur dann
Wenn du … weißt
Wie der Mann
(Oder die Frau
Doch so genau
Nehm ich's nicht
In dem Gedicht)
Denn … heißt
Der dir winkt

Da ertrinkt
Das Mädchen
Wer es kannte
Nannte
Es Gretchen
Vor der Insel Solaire
Im Meer

Gerade sah ich es noch
Doch
Nach großer Not
Ist es jetzt tot
Ertrunken im Meer
Vor der Insel Solaire

Da wird's still
Und ich will
Zu dem Motorrad
Das grad Vorfahrt
Hatte
Aber warte
Weil der Schimmel
Jetzt zum Himmel
Schaut
Und laut
Weint
Ja, er scheint
Das Mädchen
(Wenn er's kannte
Dann nannte
Er's Gretchen)
Zu beweinen
Das keinen
Frieden fand
Weil es die Hand
Die es schlug
Nicht mehr ertrug

Die Sterne funkeln
Im Dunkeln
Und die Reiterin
Sitzt weiterhin
Auf ihrem Pferd
Und leert
Ein Bier
Da stiert
Ein Mann
Sie an
Ein fieser Schrat
Der eben wagt
Mit seinen Händen
Ihre Lenden
Anzufassen
Sollt' es lassen
Denk ich noch
Doch
Da rammt das Weib
(Oder die Frau
Doch so genau
Nehm ich's ja nicht
In dem Gedicht)
Seine Sporen in den Leib
Von diesem Bengel
Dessen Schwengel
Nun lädiert
Die Lust verliert
Und irritiert

Schleicht
Der Lümmel
Leicht
Verstümmelt
Weg
Der so keck
Die Holde
Wollte

Da hupt der Renault
Und ich frag mich, wieso
Sitzt da keiner am Lenker?
Er macht einen Schlenker
Fährt die Böschung hinab
Und verfehlt ganz knapp
Wenn ich's richtig seh'
Ein junges Reh

Die Frau drauf neigt
Den Kopf und steigt
Vom Pferd
Und begehrt
Mehr Bier
Das ich ihr
Gleich hier
Reiche
Und weiche
Ein Stück
Zurück

Als sie daraufhin
Wohl ohne Sinn
Mit Hilfsgerät
Löcher gräbt
Und Samen sät

Lächerlich
Denke ich
Und frage mich
Was daran toll
Sein soll

In einem Loch
Jedoch
Wohnen Füchse
Die die Büchse
Bier
Von ihr
(weil sie's empört
Dass man sie stört
Und als Erstattung
Für 'ne Lattung
Die demnach
Wohl zerbrach)
Kriegen wollen

Na, dann sollen
Die das Bier
Wegen mir
Doch gerne haben

Bin eh schon blau
Ruft die Frau
Und schon laben
Sich die Füchse am Getränk

Und ich denk:
Wehe, wehe
Wenn die Fähe
Später sieht
Was hier geschieht

Da hat der Gaul
'Ne Möhre im Maul
Er bläht die Nüstern
Und fröhlich flüsternd
Trabt er schnell
Ums Eck
Und ist weg

Da wird's hell
Im Fenster
Gespenster
Schreien die Füchse
Und werfen die Büchse
Fort
Und dort
Wo das Licht
Sich bricht
Seh' ich dich
Und frage mich

Ob dein Gesicht
Letztes Jahr
Nicht schöner war

Ja, auf der Insel Solaire
Vor einem Haus am Meer
Steht ein Baum
Der kaum
Noch Blätter trägt
Und der Wind weht
Über das Land
Und der Strand
Ist bald leer
Aber er
Bleibt hier
Während wir
Jetzt gehen
Wiedersehen

Die Eichel fällt nicht weit vom Stamm

Fahles Spätherbstabendmondlicht
Zwängt sich
Durchs Geäst knorriger Eichen
Ein Eichelhäher verlässt
Sein Nest
Um einer Eichel auszuweichen
Von der ein Ast sich eben trennte

Des Eichelhähers korpulente
Frau jedoch
Sitzt immer noch
Ins dichte Federkleid gepresst
In diesem Nest

Sie hofft, sie bangt, sie hält
Den Atem an
Die Eichel fällt
Doch dann
Wird sie getroffen
Alles Hoffen
Half ihr nicht
Jetzt läuft ihr Blut übers Gesicht

Vor allem aus Ermangelung
'Ner spannenden Beschäftigung
Und dankbar für die Abwechslung
Lauscht und gafft
Die Nachbarschaft

So int'ressiert ein Reflektier
Was da bei Eichelhähers passiert
Das schaut sich still und leise um
Das übt sich in Zurückhaltung

Bei weitem nicht so distanzier(t)
Gebärdet sich ein Präsentier
Das präsentiert sich gut gelaunt
Das ist vergnügt, das lacht, das raunt:
Frau Eichelhäher war mal so schick
Jetzt ist sie dick

Prompt fühlt sich auch ein Kommentier
Zum Kommentieren animier(t):
Frau Eichelhäher war mal adrett
Meint es heiter
Hält kurz inne und spricht weiter:
Jetzt … ist sie fett

Aus den Höhlen, aus den Nestern halt
Lautes Gelächter durch den Wald
Dem Präsentier wird applaudiert
Dem Kommentier nun suggeriert
Es sei so witzig

Im Dickicht
Hockt ein Repetier
Das verliert
Seelischer Probleme wegen
Hin und wieder

Sein Gefieder
Ja, gelegentlich
Fühlt es sich
Nicht wertgeschätzt
Drum probiert's jetzt
Um Aufmerksamkeit zu erregen
Mit einem Reim
Witzig zu sein
Und all den Tieren
Zu imponieren
Die in den Höhlen und Nestern
Sitzen und lästern:

Frau Eichelhäher war mal so schick
Jetzt ist sie dick
Sagt's Repetier
Und weil niemand reagiert
Verliert
Es wenig später
Eine Feder

Ein Waldkauz schreit
Sein Balzruf halt
Dumpf durch den Wald
Und auf samtweichen
Pfoten schleichen
Wölfe durch die Dunkelheit

Weil die Tiere dieser Gegend
Seinen edlen Dialekt

Nicht unbedingt mit Intellekt
Verbinden
Ja, eher furchterregend
Finden
Kommt ein Adaptier zum Schluss
Dass es Englisch reden muss

Es überlegt, es mausert sich
Es hüpft von Ast zu Ast, es spricht:
Whänn änn ouk nat bicomms broun
It will fall doun

Und prompt belohnen
Es die vielen Autochthonen
Die hier wohnen
Mit Ovationen

Für ihr Verhalten kritisier(t)
Ein recht betagtes Importier
Nun in eher ungewohnter
Offenheit die Waldbewohner:

Warum verlacht
Ihr diesen fetten Vogel hier?
Habt denn nicht ihr
Ihn fett gemacht?

Oder gehört ihr etwa nicht
Zu dieser großen
Zügellosen

Degenerierten
Dummstudierten
Bildungsschicht
Die sich von Werten distanziert
Und pikiert
Reagiert
Wenn man Normen postuliert?
Von dem weltentrückten
Illusionsverzückten
Laissez faire fasziniert
Lasst ihr euch treiben
Und renommiert
Mit euren Habseligkeiten

Das Importier
Darf so was sagen
Niemand hier
Würde es wagen
Es ob der Worte anzuklagen
Öffentlich
Zumindest nicht

Und während fahle Nebelschwaden
Das Schweigen aus dem Dickicht tragen
Bedauert eine
Noch sehr kleine
Einst an Blättern dennoch reiche
Kahle Eiche

Dass der Wind ihr letztes Blatt
Soeben mitgenommen hat

Des Eichelhähers Frau indes
Sitzt immer noch in ihrem Nest
Und blickt sich stumm
Mit schmerzverzerrter Miene um

Sie ist erschöpft, sie ist ernüchtert
Empfindet Groll, Verachtung, Wut
Und von der Menge eingeschüchtert
Senkt sie den Kopf
Aus dem das Blut
Noch immer tropft

Inzwischen ist ihr auch bewusst
Dass sie in Bälde sterben muss
Doch noch einmal will sie fliegen
Die Schwerkraft besiegen
Es diesen Spöttern beweisen
Auf leisen
Schwingen
Will sie singend
Über deren Köpfen kreisen

Und tatsächlich
Hievt sie sich
Wenn auch etwas umständlich
Aus ihrem Nest
Doch jäh verlässt

Sie ihre Kraft
Oh, sie schafft
Nur ein paar träge
Flügelschläge
Und statt auf leisen
Schwingen
Singend
In der Luft zu kreisen
Stürzt sie sang- und klanglos nieder

Glanzlos, blass ist ihr Gefieder
Blut läuft über ihre Wangen
Und 'ne Träne rinnt zum Kinn
Und von so manchem Blick gefangen
Starrt sie müde vor sich hin

Silhouetten beugen sich
Über ihren schwachen Leib
Dann erlischt ihr Lebenslicht
Vorbei ist ihre Lebenszeit

Waldemar

Zwei Personen trafen sich
Mann und Frau, rein zufällig
Und auch nur dieses eine Mal
In einem baumbewachs'nen Tal

Auf einem leidlich akkurat
Angelegten schmalen Pfad
Bog sie achtlos um die Ecke
Da stand er hinter einer Hecke
Knöpfte seinen Mantel zu
Und machte: Buh

Die Frau, die zwar recht unscheinbar
Doch auch direkt und ehrlich war
Sprach den ihr unbekannten Mann
Sogleich recht unvermittelt an:

Oh, mein Herr, wie schön Sie sind
Von Ihnen hätt' ich gern ein Kind
Und geschäh's jetzt hier im Wald
Mir wär' es recht, bin ja schon alt
Und habe nicht mehr ewig Zeit
Von Pflichten wären Sie befreit
Ich bräucht' auch keine Zärtlichkeit

Und weil der Mann nicht abgeneigt
Sprich zum Liebesdienst bereit
Ja, int'ressiert und offenbar

Gerade nicht in Eile war
Wuchs sein Penis, aber auch
Lange nach dem Akt ihr Bauch

Und weil sie einen Sohn gebar
(Und weil's im Wald geschehen war)
Nannte sie ihn Waldemar

Der Knabe wuchs, er wuchs heran
Doch dann und wann
Verhielt er sich
Recht wunderlich
So saß er oft im Schlafgewand
Mit einem Pinsel in der Hand
Auf des Wohnblocks spitzem Dach
Und malte Sterne in die Nacht

Und in die unbebauten Räume
Dieser Stadt pflanzte er Träume
Woraus manch Phantasie entsprang
Die in der Menschen Köpfe drang
Sodass manch Lächeln hier und da
In manchem Antlitz sichtbar war

Doch wie dem Knaben schauderte
Wenn er die Menschen reden hörte
Wenn man töricht plauderte
Und damit jene Stille störte
Die so fragil und ihm so kostbar
Die ihm der größte Reichtum war

So formte er manch schlimmes Wort
Von denen hier an diesem Ort
In dieser Stadt recht viele lebten
Zu kleinen Wolken und die schwebten
Dann als stummes Argument
Der Stille hoch zum Firmament

Und so ward seiner Mama
Beizeiten klar
Dass Waldemar
Doch anders war

Und eines Tages, notgedrungen
Durch die Umstände gezwungen
Sagte sie zu ihrem Jungen:
Waldemar, mein teurer Sohn
Ich liebe dich, das weißt du schon
Doch viele finden dich recht komisch
Nicht körperlich, nicht anatomisch
Nein, was bei dir
Im Kopf passiert
Das irritiert
Die Nachbarschaft
Und dauerhaft
Fehlt mir die Kraft
Mich zu erwehren
Ja, immer wieder zu erklären
Dass du ein braver Junge bist
Der halt ein bisschen anders ist

Und so bring ich dich jetzt fort
An einen menschenleeren Ort
Ja, ja, wir fahr'n jetzt in den Wald
Hol deine Jacke, dort ist's kalt

Der Junge schluchzt, er weint, er liebt
Seine Mutter, doch die gibt
Ihm nur noch ein paar Krumen Brot
Dann lässt sie ihn in seiner Not
Im bitterkalten Wald allein

Wie kann man nur so herzlos sein?
Ruft ihr ein Waschbär hinterher
Doch das hört sie schon nicht mehr

Und so lebt der Knabe jetzt
Kaum fünf Jahre ist er alt
Von seiner Mutter ausgesetzt
Auf sich alleingestellt im Wald

Und wäre wohl dem Tod geweiht
Wäre nicht des Knaben Leid
Grund für manches Tier zu geben
Was es selbst zum Überleben
Hier im Dickicht nötig hat
Ja, anstatt
Des Knaben Not zu ignorieren
Planen und koordinieren

Ein paar Waldbewohner am
Abend noch ein Hilfsprogramm

So hilft ein jeder, wie er kann
Und er, er wächst, er wächst heran
Er reift im Wald vom Kind zum Mann

Und ist es auch nicht immer leicht
Sein Heimweh weicht
Doch mit den Jahren, mit der Zeit
Dem Gefühl der Dankbarkeit
Hier sein zu dürfen, wie er ist
Nein, er entbehrt oder vermisst
Die Stadt, die Menschen wahrlich nicht
Und manchen Morgen, wenn das Licht
Sich lautlos in den Ästen bricht
Wenn Fauna zum Orchester wird
Weil Sonnenstrahlen dirigieren
Wenn der Wind durchs Dickicht irrt
Und Schatten sich in Kunst probieren
Dann denkt Waldemar mitunter:
Jetzt hole ich mir einen ... Champignon zum Frühstück

Doch eines Nachts, am Feuer sitzend
Gedanken in die Flammen ritzend
Sieht er hinter alten Eichen
'Nen Schatten durch das Dickicht schleichen
Der ihn ängstigt, ja verstört
Weil er nicht hierher gehört

Der aufrecht auf zwei Pfoten geht
Ja, der sich wie ein Mensch bewegt

Und da der Mond von Zweig zu Zweig
In stoischer Gelassenheit
Auf das Dach des Waldes steigt
Steht, in fahles Licht gehüllt
Und wohl auch selbst von Angst erfüllt
Bald eine schöne, engelsgleiche
Blasse und an Reizen reiche
Junge Frau vor Waldemar
Die offenbar
(Zerlumpt und viel zu leicht bekleidet)
An Kälte und an Hunger leidet

Und von Gefühlen übermannt
Reicht ihr Waldemar die Hand
Und ohne jegliches Kalkül
Sprich entrückten Interessen
Gewährt er ihr bei sich Asyl
Und gibt ihr erst mal was zu essen

Oh, wie wunderschön sie ist
Wie entbehrungsreich, wie trist
War sein Leben ohne sie
Des Waldes schönste Sinfonie
Könnte ihn nicht so berauschen
Wie das Lächeln dieser Fremden
Und wie sie nun der Stille lauschen

Da wird es heiß in seinen Lenden
Und so kommt's, wie's kommen muss
Und auf den ersten heißen Kuss
Folgt … noch ein zweiter
Und so geht es hitzig weiter
Und weil sie beide hungrig sind
Zeugen sie im Rausch ein Kind

Und wie schön hat sie geschwiegen
Bisher, doch jetzt, da sie hier liegen
Entblößt, erschöpft, im weichen Moos
Eng umschlungen, atemlos
Sie mit seiner Frucht im Schoß
Da erwähnt sie plötzlich leise
Dass sie Waltraud Müller heiße
Und ihr böser Vater sie
Ohne jede Empathie
Da sie kaum acht Jahre alt
Gewesen sei, in diesem Wald
Bei inverser Wetterlage
Dem Schicksal überlassen habe

Ausgesetzt, nein, ist das wahr?
Als Kind im Wald?, denkt Waldemar
Und nun wird es ihm bewusst
Dass eben dieser Koitus
Dass dieser Beischlaf offenbar
Des Schicksals Offenbarung war

Und während Waltraud noch entblößt
In seinem Arm nun vor sich hindöst
Schläft er bedeckt vom fahlen Schein
Des vollen Mondes glücklich ein

Doch das Unheil wandelt still
Auf leisen Sohlen durch die Nacht
Und als er in der Früh erwacht
Und sich an Waltraud schmiegen will
Da ist sie weg, ihr Schlafplatz kalt
Und auch sein Ruf nach ihr verhallt
Unbeantwortet im Wald

So erhebt er sich und senkt
Seinen leeren Blick und denkt:
Ach, wäre sie doch nur geblieben
Dann könnten wir uns ewig lieben
So nah schien mir mein Glück zu sein
Jahr für Jahr, tagaus, tagein
Lebe ich hier ganz allein
Und habe nie etwas vermisst
Bis Waltraud hier erschienen ist
Doch wenn sie kam, nur um zu gehen
Dann will ich sie nie wiedersehen

Und weil sein Leben leer und trist
Ohne Waltraud Müller ist
Bringt er sich mit Eisenhut
Und Knollenblätterfingerfood
Und ein paar Herbstzeitlosen um

Und Waltraud weint und fragt: warum?
Als sie, zurück von der Toilette
Sich zu ihrem Liebsten kniet
Ja, ihn auf seiner Sterbestätte
Sterbend vor sich liegen sieht

Und da der Tag sich blass und grau
Aus dunkler, tiefer Nacht erhebt
Nimmt die vom Schmerz erschöpfte Frau
Den Toten in den Arm und schwebt
Als Stern, als stilles Argument
Der Liebe hoch zum Firmament

Und die Moral dieser Geschichte:
Bist du zu lange auf dem Klo … ist nicht gut

Kinderspielplatz (Heidi & Peter Teil 4)

Heidi sitzt verkehrt
Herum
Auf einem Pferd
Und schaukelt stumm
So vor sich hin
Da schreit ein Kind
Nach der Mama
Weil sein Papa
Mit 'ner Flasche Alkohol
Die ihm inhaltlich ja wohl
Selbstvertrauen geben soll
Sternhagelvoll
Auf ein Gerüst
Geklettert ist

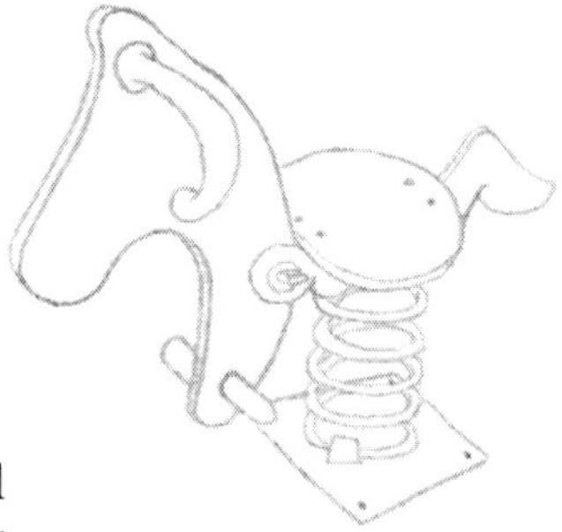

In der Tat
Ist es gewagt
Was er da tut
Sein Übermut
Führt gar … soweit
Dass er sich
Gelegentlich
Ganz ungeniert
Hier präsentiert
Und seinen bloßen
Mit zwei Rosen
Bunt verzierten

Tätowierten
Hintern … zeigt

'Ne brav frisierte
Leicht pikierte
Adipöse Rentnerin
Verbietet ihrem Enkelkind
Dem Geschehen
Zuzusehen

Eine and're Oma zieht
Als sie sieht
Was da geschieht
Ihr Enkelkind
Relativ flink
Und ziemlich brüsk
Von dem Gerüst

Ja, viele Leute, die mit Kind
Auf diesem Kinderspielplatz sind
Sehen den Mann
Verwundert an
Jedoch reicht ihre Kritik
Nur zu manchem bösen Blick

Und während Peter
Ein paar Meter
Abseits sitzt
Und Kerben in 'nen Baumstamm ritzt
Hockt in dem Baum 'ne alte Made

Und denkt sich so: Ach, ist das schade
Dass der Mensch da unten sitzt
Und Kerben in mein Häuschen ritzt

Derweil die meisten der meist Greisen
Beziehungsweise Lebensweisen
Ihre Schutzbefohlenen
Von dem Spielplatz runterholen
Steht eine hochbetagte Frau
Mit einer blau
Karierten Jacke
Und ’ner nordbaskischen Flagge
Am Revers
Etwas schwer-
Fällig auf
Und schaut hinauf
Ja, sie stiert
Ganz ungeniert
Gleichwohl auch so
Erwartungsfroh
Auf des Manns Popo

Auf Krücken gestützt
Geht die Frau zum Gerüst
Macht ein keckes Gesicht
Räuspert sich und spricht:

Dass Kletterrosen heut sogar
Auf Hintern wachsen, find ich zwar
Weil ich ja mal Floristin war

Generell ganz wunderbar
Nur ist so ein Naturschauspiel
Doch irgendwie auch recht skurril
Das kommt bestimmt, weil hier mal viel
Niederschlag aus Tschernobyl
Vom Himmel auf die Erde fiel

Obgleich der Mann auf dem Gerüst
Nicht wirklich eingeschüchtert ist
Von dieser weißhaarigen Frau
Die seinen Hintern so genau
Und int'ressiert
Studiert
Wirkt er doch irritiert

Wohl wegen ihr
Die da so stiert
Beginnt der Mann
Sich richtig an-
Zuzieh'n
Was für ihn
Auf dem Gerüst
Nicht einfach ist

Nur auf die Hose konzentriert
Verliert
Er's Gleichgewicht
Und weil er sich
Kaum Mühe gibt
(Was wohl an seinen Zustand liegt)

Einen Sturz noch zu vermeiden
Muss er wenig später leiden

Ja, das Gerüst ist aus Metall
Und wenn jemand im freien Fall
Auf so ein Metallrohr prallt
Dann kann es halt
Schon mal passieren
Dass Knochen ihren
Halt verlieren

Noch mit der Flasche in der Hand
Liegt der betrunk'ne Mann im Sand
Und sichtlich lädiert
Wirkt er doch irritiert
Als er bemerkt, dass Alkohol
Aus seinem Kopf tropft, was ja wohl
Bedeutet, dass er zu viel trinkt

Derweil hinkt
Die alte Frau
Mit der blau
Karierten Jacke
Und der Flagge
Am Revers
Zu diesem schwer
Verletzten Mann
Leicht gebückt
Fasst sie ihn an
Und kratzt und pflückt

Ihm eine Rose vom Gesäß
Wodurch sie manches Blutgefäß
Mit ihren Nägeln ramponiert

Als der Mann realisiert
Was da passiert
Versucht er eher ungelenk
Sich die Hose hochzuzieh'n
Und während er sich so verrenkt
Sagt die alte Frau zu ihm:

Gescheiter wär' es wohl gewesen
Sie wären heut im Bett geblieben
Und hätten mal ein Buch gelesen
Dann würden Sie jetzt nicht hier liegen

Doch als die alte Frau erkennt
Dass der Mann unter dem Hemd
Auf dem linken Schulterblatt
Einen Engelsflügel hat
Reißt sie ihm den Stoff vom Leib
Und schreit:

Blasphemie
Verflucht sei'n Sie
Sie Unhold
Oh, Sie Trunkenbold
Ein Engel sind Sie wahrlich nicht
Oh, Sie Lümmel, schäm'n Sie sich!

Ihr Blick verfinstert sich noch weiter
Als für Sie auch noch ein zweiter
Engelsflügel sichtbar wird
In ihrer eig'nen Welt verirrt
Und ob des Anblicks doch verwirrt
Greift die Frau zu ihren Krücken
Und schlägt sie auf des Mannes Rücken

Zwar noch lang nicht ausgenüchtert
Aber sichtlich eingeschüchtert
Und mit deformierter Rippe
Kriecht der Mann zu einer Wippe

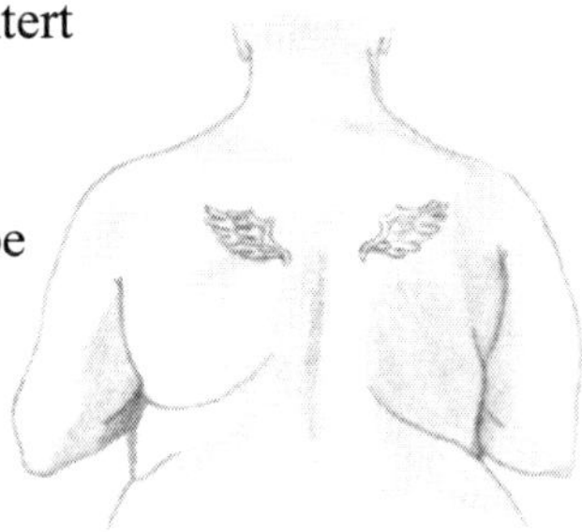

Und während Peter
Ein paar Meter
Abseits sitzt
Und Kerben in 'nen Baumstamm ritzt
Hockt in dem Baum 'ne alte Made
Und denkt sich so: Ach, ist das schade
Dass der Mensch da unten sitzt
Und Kerben in mein Häuschen ritzt

Ja, einfach so, ganz ohne Sinn
Ritzt Peter da so vor sich hin
Bis ein vermummter Terrorist
Der auf 'ner Parkbank Mittag isst
Schließlich meint, er sei Jurist
Und es sei Mist
Diesen Baum da anzusägen
Er schlage vor, das sein zu lassen

Stattdessen sollte man erwägen
Lieber mal mit anzufassen

Was mit anzufassen sei
Jedoch blei(bt)
Unausgesprochen
Da sich just in dem Moment
Der Stamm von seiner Wurzel trennt
Es knackt, es knirscht, er ist gebrochen
Und weil ein Baum den Halt verliert
Wenn so was mit ihm passiert
Fällt er folgerichtig um
(Natürlich ist das schade drum)

Auch der Betrunk'ne sieht ihn fallen
Nur eine letzte, leise Bitte
Hören ihn die Menschen lallen
Dann trifft der Baumstamm diese Wippe

Zwar nicht er, der da besoffen
Von 'ner Flasche Schnaps besiegt
Auf 'nem Sitz der Wippe liegt
Wird von diesem Holz getroffen
Nein, der Wippe zweiten Sitz
Auf der anderen Seite trifft's
Und da der Baumstamm nicht nur schnell
Nein, auch mit Masse auf sie fällt
Wird sie jetzt zum Schleuderbrett
Und schleudert den Betrunk'nen weg

Schleudert ihn so hoch hinaus
Dass man ihn vom Spielplatzt aus
Nur ab und zu noch sehen kann
Dann und wann
Verschwindet er
Im weiten Schäfchenwolkenmeer
Und stürzt schließlich trotzdem ab
Obwohl er diese Flügel hat
Auf das Kernkraftwerk der Stadt

Wenn man auf ein Kraftwerk fällt
Und das wird deshalb abgestellt
Ist man dann ein Umwelt-Held?
Fragt sich das Kind des Ikarus
Gibt seinem Teddy einen Kuss
Und von des Teddys Blick gehetzt
Läuft es jetzt
Auch weil die anderen Personen
Die dem Vorfall noch beiwohnen
Nur das eig'ne Ich verwalten
Statt dies Kind da aufzuhalten
In 'ner grünen Ampelphase
Auf 'ne mehrspurige Straße

Dort kollidiert es mit 'nem Bus
Der schleudert es in Richtung Fluss
Da stürzt es auf ein Segelboot
Und ist zwei Seufzer später tot

Und Heidi sitzt verkehrt
Herum
Auf einem Pferd
Und schaukelt stumm
So vor sich hin
Da schreit ein Kind
Nach dem Papa
Weil die Mama
Mit 'ner Flasche
Alkohol
In der Tasche
Die ihr wohl
Ablenkung verschaffen soll
Sternhagelvoll
Auf ein Gerüst
Geklettert ist

Erfurt, 5. Dezember 2014

Es lebt, ist wohlgenährt, es ist adrett gekleidet
Es ist frei
Es grinst so vor sich hin, es schreitet
Im Triumph zur Staatskanzlei
Es mustert einen alten Mann
Es geht zu ihm, es spricht ihn an:

Väterchen, da stehst du hier
Um gegen mich zu protestier'n?
Ein Bettlaken hast du beschrieben
Nach all den Jahren, in denen du dich aufgerieben
Mich kritisiert, mich angegriffen hast
Als sturer, aufmüpfiger Christ
Mir in der Tat schon mal zur Last
Gefallen bist
Fällt dir noch nichts Besseres ein
Als Betttuchdemonstrant zu sein?

Ein Kauz, gebrechlich und verbittert
Das Gesicht von Angst, von Wut zerknittert
Bist du heute
Schau dich um, die Leute
Lieben mich
Während sie dich
Nur noch als Relikt ertragen

Mich begraben
Zu haben

Meintest du im Herbst neunundachtzig
Wahrhaftig
Dein Einfluss damals war recht beachtlich

Doch nach und nach, so mit der Zeit
Gerietst du in Vergessenheit, hm?
Du verdammter Bürgerrechtler
Du töricht frömmelnder Verfechter
Der … Freiheit

Freiheit, ich bin ja heute auch dafür
Hab meiner Jugendjahre Willkür
Sogar mal missbilligt
Habe mich gedemütigt
Ich hielt das auf dem Weg zur Macht
Für angebracht
Habe gedacht
Wenn ich scheinbar Reue zeig
Dann suggerier ich Menschlichkeit

Was! Willst du eigentlich von mir?
Den devoten Menschen hier
Ging es damals doch nicht schlecht
Zu denen war ich doch gerecht
Die ließ ich an die Ostsee reisen
Und in Sportvereine gehen
Aus immer vollen Näpfen speisen
Sich zeitkonforme Kunst ansehen

Die Menschen durften es doch wagen
Ihre Meinung laut zu sagen
… Solang sie meiner Meinung waren
Natürlich, alle undankbaren
Widerspenstigen Geschöpfe
Die zwei-, dreihunderttausend Köpfe
Die musste ich disziplinieren
Euch inhaftieren
Knechten, foltern, mund-tot machen
Erschießen
Die sich auf 'ne Flucht einließen

Das war doch witzig
Wenn die sich
An den Selbstschussanlagen
Selbst erschossen haben

Kannst du darüber gar nicht lachen?
Hast du denn gar keinen Humor?
Huh, das ist so lange her
Das int'ressiert hier keinen mehr

Selbst diese grasfressenden Leute
Die mir heute
Im Landtag ihre Stimme gaben
Die mir zur Macht verholfen haben
Deine einst von dir verehrten
Weggefährten
Werfen mir das nicht mehr vor

Nein, ich war kein Umweltheld
Habe wirklich jedes Feld
Mit reichlich DDT bestellt
Und trotzdem wählten mich die Grünen
Heut im Landtag mit Vergnügen
An die Macht
Ach, wer hätte das …

Nein?
Kein guter Reim?
War'n wohl vom Wunsch nach Macht beseelt
Sonst hätten die mich nicht gewählt, hm?

Da musst du doch Verständnis haben
Sich an der Brust der Macht zu laben
Ist eben … toll
Statt würdevoll
So vor sich hinzuvegetieren
Wollten die halt mitregieren
Ist das nicht bloß
Ein kleines bisschen würdelos, hm?

Väterchen, jetzt steh ich hier
Als braver Demokrat vor dir
Und fühle mich
Trotz aller Freude unbehaglich
Ich will das nicht
Menschenrechte akzeptieren
Mit dem Gegner koalieren
Rücksicht nehmen

Die radikalen Kräfte zähmen
Kompromissbereitschaft zeigen
Mich vor dem Souverän verneigen
Seine Meinung tolerieren
Zeit mit Debattieren verlieren

Und doch muss ich mich erst mal fügen
Mich mit dem bisschen Macht begnügen
Das ich gerade
Bekommen habe
Bin noch nicht wieder stark genug
Für Planwirtschaft und Wahlbetrug
Für Repressionen, für Zensur
Fürs große Fest: die Diktatur
Für …

Väterchen, du atmest schwer
Bist eben alt, musst wohl bald gehen
Erlebst die neue Zeit nicht mehr
Auf deinem Grab werde ich stehen
Und Sieger sein, auf Wiedersehen

Potpourri 1

Wenn man auf ein Kraftwerk fällt
Und das wird deshalb abgestellt
Ist man dann ein Umweltheld?
Fragt mich ein adipöser Knabe
Als ich gerade
Eine Ampelanlage
Da hinten abmontiert habe
Und nun zu mir nach Hause trage

Ich bin irritiert
Ob der Frage
Gucke reserviert
Und sage: …

Und während fahle Nebelschwaden
Mein Schweigen Richtung Stadtrand tragen
Bedauert eine
Noch sehr kleine
Einst an Blättern dennoch reiche
Kahle Eiche
Dass der Wind ihr Lieblingsblatt
Soeben mitgenommen hat

Der Junge guckt mich an und sagt:
Du, ich hab dich was gefragt:
Wenn man auf ein Kraftwerk fällt
Und das wird deshalb abgestellt
Ist man dann ein Umweltheld?

Was für ’ne aggressive Frage
Denke ich und sage:

Nein. Junge, kein Mensch kann so dick sein, dass er, wenn er auf ein Kraftwerk fällt, dieses Kraftwerk so stark beschädigt, dass es deshalb abgestellt werden muss. Niemand. Und überhaupt, was ist das für eine seltsame Frage?

Seltsame Frage?
Fragt der Knabe
Nun ja, ich habe
Dir die Frage gestellt
Weil mir die Idee gefällt

Weil dir die Idee gefällt?, frage ich verblüfft. Und da fragst du mich? Junge, ich habe hier eine Ampelanlage auf der Schulter. Diese Ampelanlage habe ich eben da hinten an einer stark frequentierten Kreuzung abmontiert. Und deshalb wird es früher oder später an dieser Kreuzung einen Unfall geben, verstehst du? Und du fragst mich, ob du der Umwelt einen Gefallen tust, wenn du dich auf ein Kraftwerk wirfst? Warum sprichst du mich nicht auf diese Ampel an, die ich hier durch die Stadt trage, hm?

Weil ich mich nicht getraut habe
Sagt der plötzlich an Atemnot leidende Knabe
Gelegentlich

Reagieren die Menschen ja recht empfindlich
Wenn man sich
Mit ihrer Habe beschäftigt, ich …

Diese Ampelanlage, unterbreche ich ihn, ist ein Geschenk für meine Freundin. Anneliese. Meinen kleinen Bösewicht. Mein kleiner Bösewicht war die letzten zwölf Monate in Australien. Work and Travel. Und heute kommt sie zurück. Ich habe lange überlegt, was ich ihr zur Begrüßung schenken könnte. Und dann habe ich mir gedacht: Häi, ich schenke ihr eine Ampelanlage.

Der Knabe stirbt, ich gehe weiter
Sehe ein paar Bauarbeiter
Die sich unverhohlen trauen
Ihre Blicke in den blauen
Uniformen jener Frauen
Zu verstauen
Die eben ihren Streifenwagen
In einen abgesperrten Graben
Befördert haben

Wer Ampeln klaut, hat die Kontrolle über sein Leben verloren

Ruft eine Frau
Deren grau
Meliertes Haar
Unheilbar

Durch Morbus Spliss
Beschädigt ist

Ich lächle ohne Widerwort
Und setze meinen Heimweg fort

Da sehe ich ein Pferd
Seine Reiterin gewährt
Einem Motorrad
Die Vorfahrt
Worauf ein R4
Hinter dem Tier
Für einen Bus
Scharf bremsen muss
Das Pferd erschreckt
Das Zweirad eckt
Am Auto an
Und dann
Fällt er um
Der R4
Und das Tier
Schaut stumm
Was passiert

Da stiert
Ein junger Mann
Die Reiterin an
Ein fieser Schrat
Der eben wagt
Mit seinen Händen

Ihre Lenden
Anzufassen
Sollt es lassen
Denk ich noch
Doch
Da rammt das Weib
Schon seine Sporen in den Leib
Von diesem Bengel
Dessen Schwengel
Nun lädiert
Die Lust verliert

Und irritiert
Schleicht
Der Lümmel
Leicht
Verstümmelt
Weg
Der so keck
Die Holde
Wollte

Ich sollte … vielleicht ein bisschen zügiger gehen, sonst komme ich vielleicht zu spät und verpasse meinen Bösewicht, denke ich. Und während ich so denke: Ich sollte … vielleicht ein bisschen zügiger gehen, sonst komme ich vielleicht zu spät und verpasse meinen Bösewicht

Da sehe ich dich
Im Scheinwerferlicht
Mein Bösewicht
Und frage mich
Ob dein Gesicht
Letztes Jahr
Nicht schöner war

Und obwohl die Ampelanlage auf meiner Schulter gerade auf Rot umgeschaltet hat, kommst du jetzt auf mich zu und sagst: Noch vor einem Jahr war ich so schön wie der erste Satz in einem Theodor-Fontane-Roman. Und was bin ich heute? Ein Känguru, das auf dem Fluss einer fiktiven Geschichte als Missverständnis durch diese Geschichte treibt. Ich möchte der Tag sein, der die Nacht umhüllt. Ein Engel, der auf einer Wolke sitzt und den Teufel verprügelt, weil er den Ausweg aus den verwinkelten Räumen der Vernunft versperrt. Wenn man zu lange träumt, wird das Herz dann irgendwann zu Marmelade? Bin ich Marmelade in einem schusssicheren Marmeladenglas? Findet der Pfeil denn niemals den Weg zu Amor?

Ich erkenne die Zerbrechlichkeit dieser Gedanken und sage: …

Und während fahle Nebelschwaden
Mein Schweigen Richtung Stadtrand tragen
Bedauert eine

Noch sehr kleine
Einst an Blättern dennoch reiche
Kahle Eiche
Dass der Wind ihr letztes Blatt
Soeben mitgenommen hat

Potpourri 2

A: Alltag und Ausgang

Ich bin in der Bibliothek, lehne an einem alten Kachelofen und träume mich mit Effi Briest aus meinem harten, beschwerlichen Alltag; mein Vater steht neben mir und spielt mit Luftballons. Da kommt eine junge Frau auf uns zu, zieht ein Batman-Video aus einem Regal und sagt:

Den Menschen heute zuzuhören
Ist mitunter so verstörend
Die des eig'nen Vorteils wegen
Ohne eig'ne Meinung leben
Die Tag für Tag degenerieren
Mit jedem Wort Niveau verlieren

Sie hat einen dunklen Latexanzug an. Meine Phantasie bohrt sich tief in diesen Anzug. Und so kommt es, dass aus den Träumen, die ich träume, kleine Brustwarzenbäumchen wachsen. Sie pflückt ein paar welke Blätter von den Zweigen dieser Brustwarzenbäumchen, legt sie auf das Batman-Video und sagt:

Wird man denn nicht Nihilist
Bei diesem ganzen Chlorophyll?
Nein, wie fad so ein Idyll
Doch letztlich ist

Was hält uns noch in diesem Wald
Warum, weshalb
Sind wir noch hier?
Oh, schöner Jüngling, komm mit mir!

Und wie mein Blick von Zweig zu Zweig
In traumgemalte Wipfel steigt
Raunt mein Vater mir ins Ohr:

Mein Junge, diese holde Maid
Ist ein Tresor
Gemacht, um in sich zu bewahren
Jene kleine Kostbarkeit
Die du in den letzten Jahren
Nur zum Pinkeln mit dir trugst
Du bist jung und stark und lugst
Auf diese wunderschönen Brüste
Mein Sohn, ich wüsste …

Papa, unterbreche ich ihn. Papa, bitte, ich möchte nicht, dass du so redest. Du bist mein Vater. Väter sind Vorbilder, sind Idole, sind Lichtgestalten für ihre Söhne, Söhne schauen auf zu ihren Vätern, verstehst du?
Aber er weicht meinen Blicken aus, wird übermütig und klettert auf diesen alten Kachelofen. Mein Junge, ruft er mir zu, merke dir diese Lektion für dein Leben: Wer nicht wagt, der nicht gewinnt!

Und in der Tat
Ist es gewagt
Was er jetzt tut
Sein Übermut
Führt gar … soweit
Dass er seinen
Doch recht kleinen
Und nun bloßen
Mit zwei Rosen
Bunt verzierten
Tätowierten
Hintern … zeigt

Worauf die junge Frau zu ihm geht und eine dieser Rosen pflückt. Und während das Blut meines Vaters nun auf das Batman-Video tropft, sagt sie zu mir:

Dass Kletterrosen heut sogar
Auf Hintern wachsen, find ich zwar
Weil ich ja mal Floristin war
Generell ganz wunderbar
Nur ist so ein Naturschauspiel
Doch irgendwie auch recht skurril
Das kommt bestimmt, weil hier mal viel
Niederschlag aus Tschernobyl
Vom Himmel auf die Erde fiel

Aus Tschernobyl?, frage ich verblüfft. Da nimmt sie meine Hand, und während wir Händchen haltend langsam Richtung Ausgang gehen, sagt sie zu mir:

Ist dieser Ort nicht furchtbar trist
Wenn man verträumter Hedonist
Und nicht leidensfähig ist?
Oh, schöner Jüngling, komm mit mir
Lass diesen Moloch hinter dir!

Wer nicht wagt, der nicht gewinnt, denke ich und gebe ihr einen Kuss, dann rennen wir die Straße hinunter. Vor der Poliklinik bleiben wir stehen, sie lächelt mich an und sagt: Ich bin Natascha, und wer bist du? Einer von vielen stummen Steinen in einem Fluss? Eine Fassung, in der nichts leuchtet? Ein Einband ohne Buch? Ein Staudamm zeitloser Träume? Treibst du auf den Bächen und Flüssen deiner Träume baldriandurchtränkt an das Ufer des Alltags? Träumst du dich manchmal bis zum Substanzverlust?

Und wie sie nun zu tanzen beginnt
Und ein trauriges, slawisches Liedchen singt
Da kommt ein alter, gebrechlicher Mann
Auf uns zu und spricht mich an:

Ach, guter Herr, bin mittellos
Und möcht' doch bloß
Ach, möcht' nichts mehr
Als ein Glas Wasser bitte sehr

Und, oh, wie groß ist meine Not
Ach, bitte, eine Scheibe Brot

Aber ich habe weder Wasser noch Brot für ihn. Und wie ich mich nun umdrehe, um Natascha zu fragen, ob sie nicht … da ist sie weg, spurlos verschwunden, wie vom Erdboden verschluckt.

B: Batman und Bilderfluten

Ich träumte mich durch die Jahre, die Bilderfluten des Alltags, durch Hochhäuser und Bibliotheken, war des Frühlings langer Schatten, wehte im Herbstwind traumverloren durch von Feenstaub bedeckte Stunden, floss durch die Zeit und durch allerlei seltsame Träume. Nur einmal sah ich Natascha wieder, viele Jahre später, in der Bibliothek, es war ein lauer Herbstabend. Ich hatte „Shades of Grey“ in der Hand, und sie meinen Vater, er hatte ein Kostüm an, ein Batmankostüm.